EL ÚLTIMO ENANO

ALEJANDRO LÁMBARRY

Alejandro Lámbarry
El último enano

La Pereza Ediciones

EL ÚLTIMO ENANO

ALEJANDRO LÁMBARRY

LA
PE
RE
ZA EDICIONES

EL ÚLTIMO ENANO

E ra el último enano. Así lo indicaba una nota publicada el 2 de diciembre del 2095 en la revista *El Tiempo*.

Genentech producía y vendía desde hacía medio siglo la HGH (por sus siglas en inglés: Human Growth Hormone). Cuando el equipo de Jennifer Doudna descubrió en 2015 el sistema CRISPR, Genentech logró abaratar sus costos y facilitar su uso, de manera que cualquier clínica del mundo pudiera utilizarlo. En menos de una generación ya no había enanos.

La normalidad es la antítesis de la evolución, las mutaciones son incompatibilidades entre los seres vivos y su medio ambiente. Pero ¿qué pasaría si el medio ambiente cambia? La dislexia solo se convirtió en un problema al momento en que hubo sociedades lectoras. En una sociedad cazadora el autismo habría resultado una gran ventaja: la posibilidad de recordar con suma precisión y de actuar con metas precisas. ¿Y los enanos?

Quisieron investigar. La reunión en Genentech se llevó a cabo en el aula Doudna. A ella debía asistir un representante de cada área del instituto. Al final fueron solo cinco: dos médicos, un abogado, un bioquímico y un neuropsicólogo. Iban a cumplir con el trámite. Alan Pinto, el bioquímico, estaba de pie, junto a la máquina de café y las galletas. Parecía estar listo a tomarse el café de un trago y salir de vuelta a su laboratorio.

—La acondroplasia es una enfermedad, punto —dijo.

—Nos pueden acusar de eliminar la diversidad, de eugenesia —advirtió Valencia, el abogado.

—Si dejamos de producir el reactor FGFR3, nos pueden acusar de no hacer nuestro trabajo. Además de que alguien más lo haría por nosotros. Las otras compañías no se van a cruzar de brazos. ¿Qué caso tiene parar ahora? —preguntó Deborah Black, una de los dos médicos.

—Tenemos las productoras, el oído de los políticos y el capital para invertir en lo que queramos. Si Genentech quiere lanzar una campaña para traer de vuelta a los enanos, lo puede hacer —sentenció Valencia.

—Para mí no hay duda, la acondroplasia es una enfermedad —repitió Pinto.

—Investiguemos entonces las bases de datos —propuso Black.

—¿Investigar qué cosa? —dijo Samuel Sumgong, el encargado de las bases de datos, removiéndose en su asiento.

—Podríamos asomarnos a ver su potencial, su adaptabilidad a distintos medios, su índice de mortalidad... —precisó Black.

Jaxyëë, el otro médico, sugirió entonces una revisión personal del objeto de estudio.

—¿Una entrevista? —preguntó Black.

—Un estudio personalizado de su psique y de la manera en que ha logrado interactuar en su medio ambiente.

—Perfecto, tenemos a Sumgong —dijo Pinto y de un movimiento terminó su café.

—Yo no soy psicoanalista.

—Eres lo más parecido que tenemos —concluyó Valencia—. Legalmente no hay problema.

—Votemos —dijo Pinto alzando la mano.

Sumgong había trabajado en la elaboración de los protocolos de decisión de la primera superinteligencia capaz de tomar decisiones con las bases de datos de la red; había formado parte del grupo que transportó la inteligencia artificial de la robótica a la esfera virtual, dándole así mayor facilidad de maniobra. Su interés en la bioquímica surgió con las primeras hibridaciones de códigos genéticos en animales y la posibilidad latente de hacer lo mismo con humanos.

—Imagino que no me quitará mucho tiempo.

De un salto se levantaron de sus asientos y salieron del salón. Sumgong alcanzó al abogado en el pasillo.

—Quiero un nuevo asistente en mi laboratorio este semestre. Llevo más de dos años pidiéndolo.

Valencia vio el fólder que llevaba en las manos, como si este le fuera a dar la respuesta.

—Hecho.

—¿Adónde debo ir?

—¿Para qué?

—El enano.

—Ah, claro, te llegará la información a tu correo.

Antes de salir del trabajo recibió el mensaje. Genentech había acordado una entrevista para el día siguiente con Casimiro Jacob, el último enano.

ADN

Somos un organismo inteligente que ha aprendido a leer sus propias instrucciones; un organismo que puede incluso escribirlas. El lenguaje está escrito en un alfabeto de cuatro letras (A, T, C y G) cuya combinación crea la variedad total de proteínas que necesita un cuerpo humano para vivir. Un pedazo de información es un gen. La biblioteca completa es el genoma. Cada una de las células tiene en sí misma el genoma. Una vez que estas se especializan en una tarea (la creación de pulmones, hemoglobina, neuronas, etc.), no vuelven a hacer otra cosa en toda su existencia. Podríamos imaginar el conjunto de células como un hormiguero. Todas las hormigas provienen de una misma madre y comparten un mismo código genético. Su tarea, sin embargo, es muy distinta: la llevan a cabo sin recibir instrucciones, simplemente saben qué hacer. No hay una mente que dirija la construcción del hormiguero. No hay una misión general. Hay siglos y siglos de prácticas, réplicas, creaciones, mutaciones, muerte y sobrevivencia. A esto hay que añadir que el grupo de células que forman un cuerpo humano cambia en su totalidad cada diez años. Es decir, somos otros y seguimos siendo los mismos. Pensemos en un navío. Cada que un madero se pudre o se rompe, se lo cambia. Al cabo de cincuenta años, el navío ha sufrido reparaciones masivas pero sigue siendo el mismo. Es la misma estructura, aunque con otras maderas. Eso es lo que ha aprendido el ADN: a construir distintas formas funcionales. Y lo aprende construyendo.

1

Buen día, señor Jacob. Me agrada que por fin podamos vernos. ¿Podría darme por favor sus datos personales?

—¿Quiere empezar con mis datos personales?

—Requisito de rutina.

—¿No conoce mi nombre?

—Se trata de un requisito.

—¿No sabe mi edad?, ¿mi lectura genética? ¿No pudo investigarlo antes de venir?

—Olvidemos los datos. Vayamos directo al tema.

—Enano. Ponga eso en sus papeles. Casimiro Jacob, enano.

Casimiro vestía una camisa hawaiana, pantalones de mezclilla, grandes lentes negros que le cubrían la mitad de la cara y un sombrero de paja estilo vietnamita. Su cuerpo parecía una pequeña masa compacta y colorida. Su actitud era serena.

—¿Recibe muchas visitas, Casimiro?

—Muchas, he pensado incluso en cobrar. Podrían traerme un dulce o un billete de mil, lo que sea. ¿Usted me trajo algo?

—No.

—Lástima. No investigó y no me trajo nada. Vino solo a divertirse.

—Vine a trabajar. Me gustaría conocerlo.

—¿Quiere que seamos amigos?

—No es necesario. Tenemos un trabajo serio ante nosotros.

—Un mundo sin enanos.

—Sería una realidad que la humanidad nunca ha vivido antes. La pérdida de un fenotipo. La implantación de la norma en demérito de la diversidad genética. Usted habrá escuchado hablar de la hormona del crecimiento, del sistema de modificación genética CRISPR. Nosotros pusimos estos medicamentos en el mercado. Es nuestra responsabilidad saber que actuamos correctamente. Y si no, corregir.

—¡Extínganos!

—¿Qué?

—¡Acabe con nosotros!

—Tenemos que estudiarlo a profundidad.

—No vale la pena.

—¿Por qué lo dice?

—¿Usted sabe lo que es que alguien te cague encima?

—No entiendo.

—Lo amarran a uno de pies y manos a los barrotes de la cama. Usan para ello correas y esposas. Imposible escaparse. Entonces se sube un hombre o una mujer a la cama. A mí me dolía más que fuera una mujer. Sentía una cierta excitación que no podía controlar. Ve uno las nalgas acercarse, abrirse, cae la bomba. Es una combinación extraña de excitación y asco, de deseo y repulsión. A ciertos espectadores eso los mata. Lo que nunca entendí era por qué debía ser un enano. ¿Por qué no le cagan encima a un tipo normal? ¿A un científico, por ejemplo? Quizá la puntería con un enano es más difícil. Tiene su técnica, hasta eso requiere de conocimiento.

—El mundo de la ciencia puede ser también muy duro.

—Me cagaron encima, me echaron en agua fría, me lanzaron contra un muro.

—¿Quién?

—Cientos de personas, cientos de veces.

—¿Ha sufrido mucho?

—Me es difícil tener un punto de comparación. Usted que es científico o psicólogo, quizá sepa más. Por cierto, no entendí cuál era su oficio.

—Neuropsicólogo.

—Habrían hecho mejor en enviar a un científico. Temo que entre los dos apenas y nos divirtamos contando historias, cuando podríamos hacer algo de provecho. Ciencia, vamos.

—Soy especialista en bioquímica. Conjunto ambas disciplinas.

—Si usted lo dice.

—Me hablaba de su vida.

—¿Ha tenido relaciones sexuales grabadas?

—No.

—Pensándolo bien, yo tampoco. Mejor dicho, yo era el niño metiche. La mujer estaba parada cogiendo. Yo me metía entre sus piernas, volteaba, la veía, corría hasta que me agarraba de los cabellos, me corregía a nalgadas y entonces, fin. Ella cogiendo a grito pelado, yo recibiendo las nalgadas y detrás de la lente, a miles de kilómetros de distancia, en Finlandia, en Nunavut, en la Patagonia, saltaban los espermas. ¿Para eso nos quieren? Condeno a mi especie a la extinción.

—No tengo registrado eso en mi reporte.

—Claro. Imagino que en sus ratos libres les gusta ver a un enano listo para coger después de que la mujer se carcajea en su cara. O quizá prefieren el sexo de un fenotipo enano con un fenotipo de síndrome de Down. Son relaciones muy cariñosas. Además, deben ocurrir fenómenos excepcionales en el cultivo genético. O el salto del armario llevando un dildo en la cabeza. Se requiere puntería, precisión, pulso de cirujano. Me confieso culpable. Casimiro, el dildo volador.

—Mire, si quiere hablar de atrocidades, he visto cosas peores.

—No lo creo.

—¿Cómo sabe un organismo dónde colocar la cabeza, las piernas, el estómago? ¿Cómo aprenden sus instrucciones las células del cuerpo? ¿Quién ordena todo esto? Para saberlo hay que hacer experimentos. Las células saben qué hacer y lo hacen. Pero nosotros hacemos que lo olviden. He visto moscas con el ala en un ojo, gusanos sin vagina muertos por la explosión de sus huevos dentro, gusanos sin orificios fecales. Y la verdad es que...

—El director de orquesta no existe.

—Hay genes que nacen para destruir su propia célula. Es su única función. Representan un exceso en el sistema y se suicidan. ¿Qué pasaría si quitáramos esos indicadores? Gusanos enrollados en células gangrenosas, cargando la peste en el cuerpo. Ratones que explotan con tumores que no cesan de crecer. Ratones con epilepsia, cáncer, envejecimiento prematuro a los que les agregamos una alta capacidad de memoria.

—Me ha impresionado. ¿Y aún así quiere mantener a Casimiro Jacob en este mundo?

—No se trata de usted, sino de los que vienen después. El derecho a nacer con los genes naturales, aunque estos no sean los correctos.

—Amén.

El departamento estaba en el piso veinte. Era un edificio ocupado, sobre todo, por jubilados. Tenía una tienda de abarrotes en la planta baja, con biblioteca y sala de juegos en el piso doce; piscina, gimnasio y un andadero en la terraza. Casimiro había llegado desde hacía diecisiete años.

Apenas entrar en su departamento se tenía la cocina a un costado, luego el baño, un pequeño comedor con dos sillas, un sofá y el escritorio de madera maciza. Detrás del escritorio había una puerta corrediza de vidrio que daba a una terraza con vista a los volcanes y la pirámide de Cholula. La puerta estaba abierta cuando Samuel llegó. Casimiro estaba sentado en la misma posición que tenía hasta entonces, sobre la silla del escritorio, de espaldas al ventanal. Samuel se sentó frente a él en el sofá de dos plazas.

—Tiene una vista excepcional.

—Me gustan las alturas.

—¿A qué lo atribuye?

—¿Qué pregunta es esa?

—¿Por qué le gusta vivir en el último piso?

—Me parece que el doctor quiere saber algo más.

—Todo lo que usted quiera decirme. Estoy para eso.

—Si con el gusto a las alturas alude al deporte por el que me hice famoso, sí, tiene razón. Me gustan. He volado toda mi vida. Contra la gravedad sobre fosas repletas de mierda, sobre piscinas de aguas heladas. Y también he sido competidor del deporte. Pero esto es asunto del pasado.

—¿Qué deporte?

—Seguramente lo conoce.

—Me podría dar el nombre.

—Para ser científico, investiga muy poco.

—Lanzamiento de enano.

—Ya ve que no fue tan difícil.

—Lanzan a los enanos por los aires.

—Ah, ya. Algo sabe entonces.

—Lo hacen como si fueran un motivo de risa, de diversión.

—Y usted habla como si se tratara de uno más de sus experimentos de mierda.

—Es una práctica denigrante.

—Entiendo entonces que no ha asistido a uno de esos torneos.

—Jamás.

—Es posible que haya oído hablar al menos de sir Lenny. Sabrá usted que no es lo mismo volar con los dos brazos apuntando al cielo que con un brazo detrás o en la cintura. Termodinámica, creo que le llaman.

—Creo que no.

—Quizá se topó en sus investigaciones con el Enano Eléctrico, con la Pequeña Muerte, con Bahía y sus tres emperadores. Dos de esos enanos fueron campeones: César y Augusto. Reinó entonces el dominio de la técnica. Disfrutó el público sin que nadie sufriera una lesión en la pista. Los enanos y los lanzadores entrenaban a diario, sus cuerpos elásticos y ligeros como resortes a punto de reventar. Las parábolas a las que llegaron entonces son apenas imaginaciones nuestras. Piénselo. 11 con 52, 11 con 20, 10 con 40.

—¿Lo extraña entonces?

—10 con 13, 9 con 55.

—¿Son sus marcas?

—Imposible. Alguien que no ha volado, que nunca se ha puesto un arnés y que le pide al primer paseante que lo levante y lo arroje, puede creer que esto es posible. Pero hay que entrenarse. El aprendizaje de la técnica, el conocimiento del vuelo, la altura, la parábola son temas que obligan a la meditación y es inevitable la controversia. Haríamos mejor en hablar de eso. ¡Un científico a quien poder explicarle! Es lo único que pido.

—Deberían entonces enseñar el lanzamiento de enano en la universidad.

—Se trata, si me lo permite, de una tradición, de una escuela, de un orden. Hay que estar pendejo para creer que esto es solo una diversión. Honradez y disciplina. ¡Hace cuánto que no las encuentro! Quizá me las lleve conmigo a la tumba.

—Por un lado dice que ha sufrido humillaciones terribles y por el otro alaba la que me parece la más terrible de todas.

—*Mens sana in corpore sano*. El lanzamiento de enano es un deporte.

—Usted vuela porque alguien lo arroja.

—Ante un público serio, con árbitros, con reglas, con competidores.

—¿Fueron años felices, entonces?

—Sí, lo fueron. Pero soy un ser en extinción, el último de mi especie. Tengo reacciones paradójicas.

—Estamos al borde de erradicar la acondroplasia. No fue difícil llegar a este punto, pero tampoco lo sería crearla de nuevo.

—¿Qué insinúa?

—Podemos crear un individuo con acondroplasia.

—¿Alguien se anotó ya en la lista?

—Todavía no, pero es posible.

—Cuiden esta vez de ponerle culo.

—Entiendo su angustia, es natural. Pero le recuerdo que desde hace medio siglo nosotros llevamos las riendas y las cosas no han ido nada mal. Si piensa que antes iban mejor, pregúnteles al mamut, al neandertal, a los dinosaurios. Si queremos conservar la acondroplasia tenemos que conocer su índice de adaptabilidad a nuevos ambientes, tenemos que estudiar...

—Su psicología.

—Su predisposición genética actualizada en un ambiente social hostil.

—Qué bueno que ni usted mismo le dé seriedad a su carrera.

—Soy neuropsicólogo y con estudios de bioquímica.

—Sí, claro.

—En fin, son muchos factores que hay que evaluar.

—Y usted es el evaluador.

—Represento a Genentech.

—Pobre de usted.

—Bueno, todo esto para decirle que no es, ni por mucho, una especie en extinción. Podemos revivir la acondroplasia y podemos acabar con ella como si se tratase de una enfermedad. Cuando hablo en plural me refiero, claro está, a Genentech y, más aún, a los gobiernos y a los científicos que la patrocinan.

Casimiro se recargó sobre el respaldo de la silla. Sus pies hasta ese momento volando cupieron dentro del asiento. Detrás de él una nube espesa cubrió la mitad del cielo como si la hubieran trazado a mano y de un lado quedara el sol con el cielo azul, mientras que del otro estaba la tormenta.

—Hay una solución radical a su tarea. Algo que nos permitiría terminar de una buena vez con todo esto. Sin preguntas ociosas ni simulaciones estúpidas.

—¿Y es?

—Que usted redacte un reporte definitivo sobre mi extinción y yo muera. Punto final. El psicólogo encargado de analizar la adaptabilidad del enano concluye que es un ente nocivo, autodestructivo, un remanente del pasado salvaje, un desecho, una mierda. Y a los pocos días sus palabras se vuelven realidad. Es precioso y definitivo. Además, deja usted de ser un don nadie.

—Me convierto en la persona que acabó con los enanos.

—Exacto.

—¿Y cómo piensa llevar esta misión a cabo?

—Espere. Entiendo que es algo complicado para usted. Vayamos al Big Bang.

—¿No prefiere ir un poco más atrás?

—El primer estallido, la explosión que para algunos debió ser la muerte pero que para nosotros fue lo que fue, lo que ha sido y lo que será, hasta ahora. Expansión, la mezcla de carbono, hidrógeno, helio y nitrógeno. La creación de estrellas y planetas, luego los genes. Aquí entra usted. Esos organizadores de mentiras, de mutaciones que después decidirán sobre otras mutaciones. La biblioteca de la vida. Fuimos ratas que durante siglos mordisqueamos los libros escritos en la lengua misteriosa, pero aprendimos a leer y ahora queremos escribir para crear nuestro libro. Para escribir, sin embargo, hay que borrar.

—Borrarlo a usted.

—Un nuevo Big Bang. Un nuevo estallido que no lleve polvo estelar, radiación o la posibilidad de la vida. Un estallido que lleve en cambio algo nuevo, nunca visto, algo como… Casimiro Jacob. ¿Qué le parece?

—Lo mato, entonces.

—Escriba su reporte, yo me encargo del resto. Así y solo así, podrá entrar a la biblioteca del universo.

—¿Qué va a hacer?

—Déjeme la poesía a mí. Usted haga el resto.

—No puedo mentir en mi reporte.

—¿Tiene miedo?

—Tengo cerebro.

—Le faltan huevos, es lo que pasa.

—Como usted diga.

Hubo un minuto de silencio. La tormenta cubrió por completo la luz del sol. El departamento estaba bajo un velo de oscuridad casi completa. Nadie había encendido las luces. Apenas se vislumbraban las caras de los interlocutores. Se escuchó el primer estallido de la primera tormenta de verano.

—¿Desde cuándo ha pensado en suicidarse?

—Déjese de pendejadas.

—Si no me lo dice no podré escribir el reporte.

—¿Me quiere manejar como a un niño?

—Solo quiero ayudarlo.

—Dígame mejor, ¿qué le recuerdan los volcanes?

—¿Qué deben recordarme?

—El ADN, ¡son idénticos! Mire los cráteres, esas cimas de información genética, y luego vea el mar de nubes abajo, las corrientes de información indescifrable, el espacio vacío que le da significado al resto.

—Veo que sabe del tema.

—Las nubes son el cementerio de los genes pasados, las aguas subterráneas. Sería el Big Bang y usted el demiurgo. El estallido, la muerte, la extinción en sus manos.

—No hay ninguna extinción. Si usted ha querido permanecer enano ha sido su decisión. Podemos eliminar la acondroplasia y, con la misma facilidad, podríamos traerla de vuelta.

—Jamás podrían traer a Casimiro Jacob.

—Tiene razón. Pero la acondroplasia es otro asunto.

—Enanismo. No está obligado a usar el término científico. Ninguna necesidad de aparentar lo que no es.

Samuel tenía sed. Casimiro no le había ofrecido ni un vaso de agua y estaba extenuado. Pensó en levantarse él mismo a tomarlo. Cuando dio media vuelta creyó escuchar un ruido. Había una sola habitación en el departamento.

—¿Vive solo?

—¿Tampoco investigó eso?

—No, no lo hice.

—Hágalo entonces.

—Mire, nos enteramos hace apenas dos días de su caso. Hemos tenido poco tiempo y tampoco queríamos indagar todo sobre su vida personal. Preferimos el contacto directo, el diálogo.

—La confesión.

—Usted ha llevado una vida muy recluida en los últimos diez años. Era importante este primer contacto.

—Lo noto cansado.

—Estoy bien. Dígame, por favor, ¿por qué ha decidido permanecer enano?

—No pienso consumir su hormona de crecimiento y menos someterme a un tratamiento genético. He sido testigo de atrocidades.

—¿Como cuáles?

—Preferiría no recordarlo.

—Mi trabajo es escucharlo.

—Para ser su única habilidad, no parece dominarla del todo.

—Lo he escuchado con mucha atención.

—¿Cuáles son sus primeras conclusiones?

—Ninguna, es demasiado pronto.

—¿Nada? ¿No ha pensado absolutamente nada? ¿Está tarado?

—De acuerdo, aunque sea un juicio prematuro, y a reserva de un análisis más profundo, puedo decir que se trata de un instinto de extinción. Es algo extraño, pero sucede. Un deseo o un impulso contrario a la sobrevivencia.

—¿Y en palabras de la psicología?

—Puede verlo de otra manera como un deseo mesiánico de redención. Al fin y al cabo, usted es el último.

—Creo que no le van a aceptar el reporte.

—¿Está en desacuerdo?

—Peor que eso. Temo que quizá no le coincidan los datos personales.

—No entiendo.

—Usted, doctor Sumgong, no puede diferenciar a un enano de otro, no tiene esa mínima capacidad. Habla del instinto zutano y perengano, de la extinción y del martirio. Vino a decretar nuestra desaparición, pero no sabe ni siquiera quién se encuentra detrás de estas gafas y debajo de este sombrero ridículo.

—Casimiro Jacob.

El enano estalló en una carcajada que le hizo despegar los pies casi a la altura de la cara. La suya era una carcajada cavernosa, acompañada hasta entonces de una voz grave, profunda, de contrabajo. Pareciera que dentro de ese pequeño cuerpo hubiera túneles y pasadizos interminables donde el timbre de la voz adquiriera ecos sombríos.

—Pin no tolera a los científicos, ni qué decir de los psicoanalistas. Le molestan sus certezas. Es consciente de que las certezas son certezas y las verdades son verdades, eso le queda claro. Lo que le interesa es lo otro. La manera en que algunos científicos olvidan las bases de su disciplina.

—¿De qué me habla?

—Usted no sabe si hay uno, dos, tres o cien enanos. Si yo soy Casimiro, Mr. Nice o Pin.

—¿Quién?

—Pin.

—La historia en el periódico no hablaba de nadie con ese nombre. Hicimos nuestra investigación, pero preferimos...

—Claro, claro. Y ahora usted le va a llevar a sus jefes una sarta de preguntas, de dudas y de conclusiones pendejas.

—¿Desde cuándo lo acompaña este personaje, Pin? ¿Está siempre con usted o desaparece?

—¡Lárguese! ¡A la chingada!

—Hago simplemente mi trabajo.

—La menor seriedad.

—Me voy, pero le advierto...

—No me advierta nada.

—Está bien, pero dígame ¿para qué quería que lo entrevistara? ¿Por qué quería llamar la atención?

—Aprenda primero cómo me llamo, investigue, haga su trabajo. Tómeme en serio. El último. ¡Casimiro Jacob!

INTRONES Y EXONES

L a imagen del genoma humano es muy parecida a la del espacio en tanto que podemos ver solo una pequeña parte de él, el dos por ciento apenas. Los 20 687 genes que lo conforman están separados entre sí por regiones no codificantes de las que se ignora su función, si es que en realidad tienen alguna. A estos espacios vacíos se los refiere como exones. El gen, de igual manera, cuenta con espacios vacíos entre sus letras. Si la escritura del ADN se escribiera en un libro sería así: es...tru...c...t...ura y g...en...oma. En el caso del genoma humano, su capacidad creativa le permite reorganizar su información creando nuevos mensajes. De la escritura anterior puede cambiar, por ejemplo, a: c...ome ...ta. Esta capacidad creativa es la que lo diferencia de otros genomas (la cantidad de genes de un humano es casi idéntica a la de una lombriz). A los espacios vacíos entre los genes se les llama intrones. La mayor parte del genoma humano no es en realidad humano. Doscientos cincuenta millones de letras del ADN son restos del genoma de retrovirus que rompieron las paredes del ADN, se instalaron en su interior e infectaron a los primeros ancestros de nuestra especie. Ahí siguen todavía. De igual manera, gran parte del genoma está formado por genes cuya información ya no es legible ni relevante, son los fósiles de lo que alguna vez vivió.

2

—Pin Constantino, muerto hace cuatro años en esta misma ciudad.

—Buenos días, me alegra que haya vuelto.

—Le traje un presente.

—¿Un billete?

—Un recuerdo de su primera publicación. 5 de marzo de 2088. Siete años antes que la de *El Tiempo*.

—Así que finalmente se puso a investigar. No me debería tomar tan en serio. También soy dado a charlas informales, a contar historias, a evocar el pasado. Se está tan solo en esta vida. Para encontrarme con mi semejante debo alzar siempre la cabeza. Ya nadie condesciende a bajar la suya. Salvo usted, claro.

—Nadie pareció hacerle mucho caso entonces. Pero fue usted quien difundió ambas notas.

—¿Va a hacer ahora un silogismo?

—Únicamente hechos.

—¿Quiere un vaso de agua?, ¿un café?

—No, gracias.

Se sentaron en la misma disposición que la vez anterior. Llegó esta vez a las cinco de la tarde de un día con cielo claro, limpio de la tormenta y las lluvias del día previo. Le habría gustado que Casimiro abriera la ventana, oler el aroma de la tierra húmeda mezclado con la comida china y los tranvías. Se conformó con los destellos rojos, a la distancia, de los volcanes.

—Veo que sufrió mucho.

—¿Cuándo? ¿Dónde? ¿Me nota enfermo?

—En su vida.

—Ah, me quiere decir que ya investigó, que lo sabe todo de mí, pero eso ya me lo dijo, antes de saludarme siquiera. Felicidades. Ya puede presumir un nuevo logro. Aunque la vida de un enano no debe sacudir los cimientos de ninguna ciencia, ninguna que yo al menos conozca. ¿Del psicoanálisis, quizá?

—Se quitó el sombrero y las gafas. Es bueno verle finalmente la cara.

—Grábesela bien, no vaya a ser que después me confunda con otro. La cara de un enano siempre se parece a la de otro enano. Hay tan pocos. Si es que todavía hay. Adelante, tómeme una foto si quiere.

—Hábleme de Pin. ¿Era su amigo?

—Fue como mi hermano y también fue mi contrincante.

—Crecieron juntos.

—Inseparables.

—¿Cómo fue la vida en el refugio?

—Escuela.

—Quizá para algunos, pero ustedes debieron permanecer ahí encerrados, hasta que lograron escapar.

—La escuela de las monjas del Verbo Encarnado: Hay acaso nobleza mayor / Invoquemos su nombre sagrado / y entonemos un himno en su honor / y entonemos un himno en su honor.

—Las monjas los recibieron durante la primera etapa de extinción.

—¿Qué etapa es esa?

—El momento en que se pudo modificar el código genético de un embrión con la facilidad de una prueba de sangre y una inyección. Antes de esto los padres tenían como única opción la interrupción forzada del embarazo. Muchos no lograban conciliar el tema ético. Con el método CRISPR tenemos un cambio de genes, mismo embrión, problema resuelto. Su generación es la última de aquellos que no pudieron aprovechar estas ventajas.

—¿Y cuál sería entonces la segunda etapa?

—Esta.

—Ya veo. Me parece que soy privilegiado al haber vivido ambas y haber provocado, con un pequeño empujoncito, la segunda.

—La escuela, como usted la llama, se convirtió en un centro de refugio para mutantes.

—Me era imposible saber qué se escondía detrás de cada código genético, pero recuerdo que muchos de mis compañeritos mostraban altos grados de estupidez. Para serle sincero, ahí adentro solo destacamos dos: Pin y yo. No quiero que me acuse de enanocentrismo, pero es la puritita verdad.

—¿Conoció a sus padres?

—No, no lo hice. Peor para ellos.

—¿Le interesaría conocerlos?

—En lo más mínimo. Pero ahora que veo que está informado, no me deja otra opción más que evocar los años felices en mi querida escuela. Quizá le sea útil para su reporte. Y si no, me vale madre. Le pido solamente una cosa. Que no me interrumpa. Preguntas al final.

—Lo escucho.

—Entré a mi escuela a los cinco años. Así que, si conocí a mis padres, ese recuerdo quedó en el olvido. En cambio, recuerdo de manera precisa, nítida, como si la iluminara un halo de magia, el roce de las faldas de algodón azul de las monjas del Verbo Encarnado mientras que con su mano callosa me conducían a mi salón. Recuerdo la sensación de arrodillarse sobre una madera a la vez dura, hostil y amorosa, reconfortante, para pedir mi absolución. Recuerdo los salones, los baños, los dormitorios.

—¿Recuerda a María?

—Se adelanta en el tiempo.

—Lo escucho.

—Las clases. Quería hablarle de las clases.

—¿Su lista de calificaciones?

—La Antigua Grecia, la economía marxista e incluso la genética y la bioquímica. Nos enseñaban de todo. Nada se nos ocultaba ni nada nos parecía a Pin y a mí difícil de aprender. Ganamos los concursos de lectura, de oratoria, de canto. De niños discutíamos sobre la virtud y la morigeración platónica, el topos uranos y el auriga de la templanza. No crea que todo era filosofía, también nos poníamos tareas imaginarias como dirigir películas: repartíamos el guion entre los compañeros, elegíamos actores, actrices, diseñábamos escenarios. Entre una de esas actrices estaba María. Era apenas una niña pero ya más grande que nosotros. Ella era de talla normal, piernas largas y saltarinas, su cabello lacio y negro sujeto con una coleta de caballo, lentes negros de carey y aparatos bucales. Esa era la escuela, nuestro universo, y en él reinábamos Pin y yo.

—¿Nunca les ocultaron lo que sucedía afuera?

—Si se refiere a que nos llamaran mutantes, nunca escuché esa palabra de ninguna de mis maestras. Nos hablaron del avance de la ciencia, del ADN, de las decisiones que había tomado nuestra época y de las que podría tomar la siguiente. Querían que entre nosotros estuviera aquel que pudiera hacer un cambio. Noches enteras hablando y discutiendo de esto con Pin. Teníamos nuestras camas en bloques distintos, pero era fácil salir en la madrugada y moverse en la escuela. Para llegar de mi bloque al suyo debía cruzar el jardín central, un pequeño bosque de pinos y oyameles. De regreso, en la madrugada, a las cuatro o cinco, ese pequeño bosque parecía duplicar mi estado de ánimo, enigmático, mágico, misterioso, yo diría que hasta trascendental. Va a decir que era un tanto pretencioso pero recuerdo que en esos años nuestro deseo era escribir un nuevo texto religioso, una conjunción de la Biblia, el Corán, los Vedas, desde la perspectiva enana. Una Biblita con una mirada nueva, fresca.

—Estos centros o escuelas se volvieron más o menos comunes en esos años. No siempre trataron bien a sus huéspedes. Hay demandas de abuso.

—Le pedí que no me interrumpiera.

—Solo quería mencionar la suerte que tuvo.

—Ahórrese sus comentarios.

—Está bien, ¿cuándo empezaron a competir en el lanzamiento de enano?

—Podría haberme preguntado cuándo llegó la madurez. Porque llegaron de la mano. Aquí es necesario, sin embargo, hacer una pausa y volver por María. La dejamos jugando a la actriz de cine, con su coleta y sus aparatos bucales. Vuelve a la escena, pero ya no es la misma, temo decirle que ya no lo es. Le explico el cambio con dos palabras científicas: progesterona y estrógeno. Debía cambiar constantemente de pants deportivos, tanto y tan rápido cambiaba su cuerpo. Nosotros, que nunca fuimos deportivos, nos sentábamos en las bancas alrededor de las canchas de voleibol nada más para verla. Y si los equipos cambiaban de cancha allá íbamos detrás de ella. Pin siempre fue muy seguro de sí mismo. Fue él quien le habló por primera vez, rompió el hielo, la cautivó. Vamos, la hizo parte de nuestro grupo. Llegaba en la noche al dormitorio de Pin y la encontraba a ella también.

—Así que María fue novia de Pin.

—Su primer y único amor.

—Y también el suyo.

—¿Quería saber del deporte? Pues bien. Habían pasado diecinueve años y no salimos nunca de la escuela. Era nuestro mundo, nuestra familia. ¿Sentíamos necesidad de salir? Es posible. No lo recuerdo. Cuando uno es dueño de su pequeño universo siente el deseo de crecer, de cruzar el muro que sirve de frontera. Pero a la vez es un pendiente que no apremia, se es feliz ahí adentro. Amigos, María, los libros, las maestras. ¿Salir o no del jardín del Edén?

—Más bien los sacaron.

—Pin fue el primero. Estuvo afuera un fin de semana. Salió el viernes por la noche y regresó el domingo. Aquello fue la expectación, la duda. María y yo pasamos esos días e incluso las noches juntos. ¿Qué estará haciendo afuera? ¿Por qué lo sacaron? ¿Cuándo regresará? Las monjas eran unas tumbas. Ya les contará él cuando vuelva, nos dijeron. Y nosotros, imaginábamos un mundo que era como el espejo de aquel en donde habíamos sido tan felices, un mundo donde la culpa se perdonaba con dos padrenuestros, donde los amigos vivían cruzando el jardín y las niñas se convertían, de pronto, en chicas. Pin regresó el domingo por la tarde. Estaba hecho una mierda. Le preguntamos y obtuvimos como única respuesta su enojo. ¿Qué le habían hecho? María y yo lo buscamos en la noche en su dormitorio, estaba ya dormido o simulaba estarlo. Al día siguiente se quedó en el salón, trabajando. Fue el total misterio. Pasaron los días y él siguió renuente, hecho una tumba. Sufrimos mucho, María no supo qué hacer, qué decir, qué pensar...

—Y María empezó una relación con usted.

—Fue algo natural, espontáneo. Parecía que lo habíamos perdido.

—Usted la consoló.

—Nos consolamos mutuamente.

—Sabía que le llegaría su momento. Saldría y le pasaría lo mismo que a su amigo, pero antes estuvo con María.

—Pin volvió a salir y esta vez, a su regreso, fue directo con nosotros. Se quedó callado como siempre. Fue la mirada la que me dejó frío. Algo había cambiado en él. ¿Qué era? ¿Por qué no lo decía? Pensé incluso que podría estar haciéndose el interesante para atraer a María. María pasaba una temporada conmigo, me dejaba (escribiéndome una cartita que metía en mi banca) e intentaba volver con Pin. Finalmente dejó de hablarnos a los dos. ¿Qué había pasado con Pin?

—Lo lanzaron.

—La madurez.

—Las monjas lo vendieron.

—Deje a las monjas en paz.

—Basta con echarle un ojo a sus cuentas. Era claro que tenían problemas económicos, estaban ustedes, había una demanda. Y lo hicieron. La gente del deporte les pagó para que los sacaran el fin de semana, jugaran y los regresaran el lunes a clases. Mes con mes. Están registradas las salidas. ¿Quiere saber las cantidades? Marzo 12: 338 pesos. Abril 9: 608. Septiembre 17: 212. Octubre 15: 368. ¿Qué fecha es su primera salida?

Samuel había investigado todo sobre Casimiro. Entró en la red y el procesador interpretó la información en columnas de impacto afectivo, histórico, genético, económico y político. Realizó después un estudio de relaciones sociales y familiares, y destacó la figura de un triángulo que es la más repetida y común en las relaciones humanas.

Ahora Samuel estaba sentado al borde del sofá. Después de casi una hora de charla había empezado a oscurecer. Apenas podía verlo, pero sentía al enano retraerse por primera vez en su silla.

—La fecha de mi salida debe saberla usted. De la cantidad no confíe demasiado porque Casimiro Jacob era entonces un novato. Lo que no sabe y no podría imaginar es esa primera experiencia, la salida al mundo: el azoro, la expectativa y la revelación final. Recuerdo todo eso de manera clara, nítida. Puedo cerrar los ojos y revivir cada instante, cada sensación.

—Lo obligaron. Déjese de cuentos. Y lo pusieron a competir contra su mejor amigo. ¡Vaya escuela esa!

—Quizá no vuelva a repetirse nunca. Aquiles y Patroclo, los dos hidalgos de Verona.

—Aprovechó la primera salida de su mejor amigo para quitarle su novia. Y cuando llegó su momento Pin cobró venganza.

—Me alegra verlo por fin trabajando. Temí haberle causado un trauma. Que alguien lo deje en ridículo y que ese alguien sea un enano debe ser difícil de tragar.

—Cuénteme sobre su primera salida, esa sensación de libertad en manos de supuestos atletas. El público alrededor suyo como en la vieja Atenas durante las Olimpiadas. Soy todo oídos.

—Lo haría con la condición de que logre por fin callarse. No lo haga por respeto a su disciplina psicoanalista, hágalo al menos para evitar el ridículo. Sus comentarios pretenden ser irónicos cuando en realidad son patéticos. Si persiste en ese ese esfuerzo me arrojo por la ventana.

—Siga. Nadie quiere verlo morir.

—El primer vuelo puede ser feliz o puede ser muy traumático. Mi caso es, para variar, único. Mi encuentro con el mundo exterior fue muy limitado. Subí en la parte trasera de una camioneta sin ventanillas. Me acompañaban humanos de talla normal poco dados al discurso y sí, en cambio, azorados con mi persona. Intuí siempre que era especial, pero algo muy distinto fue vivirlo. No hay palabras ni maneras para aplacar esa distinción, simplemente está ahí en uno, en todo lo que es y no puede dejar de ser. Debí haber estado alerta, pero en realidad nadie lo está, nadie lo puede estar. Bajamos, caminamos hacia un almacén. En el trayecto recuerdo que me sorprendió ver el horizonte sobre una superficie de tierra y césped. Entramos al almacén, caminamos por corredores de lo que parecía una fábrica hasta llegar a los vestidores. Alguien intentó explicarme, pero apenas pudo hilvanar dos frases. Los nervios, imagino, la sorpresa de ver a un enano, o ¡vaya uno a saber qué cosa! Entendí que debía ponerme el arnés, el casco, las rodilleras, las coderas, y salir, salir a lo que fue el verdadero clamor de asombro de un público que llenaba las gradas a mi alrededor. Muchos solo habían visto enanos en películas, en las historietas para niños. Habrían podido imaginar mi figura como lo hacían con los dragones o los unicornios. Ahí me tenían de carne y hueso. Trastabillé, me caí, me alzaron y así llegamos al centro de la pista. No competí esa primera vez contra Pin. Me alegro porque una rivalidad como la nuestra podría haberse arruinado con un inicio tan desigual, tan patético. Mi contrincante fue Óscar, un compañerito de clases que se sentaba en una esquina del salón y a quien yo una vez le partí la madre. Vi que lo tomaron del arnés, lo cargaron con los dos brazos, descubrí en ese instante la pista que formaba parte del escenario y allá voló. Bien, ahora era mi turno. Hice lo que pude. Pero casi me mato. Al caer, agaché la cabeza. En los vestidores de vuelta de mi primera derrota, el mismo tipo que había intentado explicarme con frases incoherentes logró finalmente unir verbo y predicado: No hay que agachar la cabeza al caer. ¿Algo más que deba saber, pendejo? El cuerpo duro, las figuras nobles, surcar el aire. Y no agachar la cabeza. ¡¿Acaso era tan difícil?!

—Olvidó contar los gritos, las risas, las burlas del público.

—Temí espantarlo.

—Arrojaban cervezas a la cara del enano, le gritaban mutante, se reían si caía fuera de la pista, si el vuelo le causaba un desmayo. ¿Es esa la actitud de un público respetuoso?

—No, es la actitud de los fanáticos. Eso no era la ópera.

El cuerpo de Casimiro seguía siendo atlético. A pesar de sus proporciones se le veía delgado, de espalda ancha y con cintura esbelta. Su postura, aunque no se hubiera levantado de la silla en las dos entrevistas, era la de una persona erguida. La manera en que había estallado con una carcajada levantando los pies, y en la que parecía haberse retraído en su silla, mostraba a alguien ágil, flexible y fuerte.

Samuel medía poco más de un metro ochenta, ligeramente encorvado y con sobrepeso. En los años de la carrera universitaria tuvo la disciplina de ir al gimnasio. Desde que empezó el trabajo, los proyectos y las obligaciones, ya no tuvo el tiempo. Se dejó engordar.

—A su regreso Pin le había quitado a María. ¿O me equivoco?

—Veo que le urge llegar a ver su telenovela.

—Un nuevo capítulo de la *Biblita enana*.

—Hace dos días no podía pronunciar la palabra y ahora la usa hasta en lo más sacro.

—Son sus palabras.

—Me temo que le he contado ya mucho de mi persona.

—¿Quiere que le hable de mí?

—No, no perdamos el tiempo.

—Hábleme entonces de Pin. Tengo en el libro de contabilidad de su santuario que el 2071 fue un año sin ingresos. Y entonces en 2072 las cuentas se regularizan, cuatro pagos en marzo, dos en abril y uno en mayo. ¿Se trata del nacimiento de la rivalidad con su amigo? En noviembre tengo un pago de 980 pesos. Increíble. ¿Fue la final?

—No recuerdo.

—¿Vio algo de ese dinero?

—No era necesario. Nada me hacía falta.

—Solo ganar y María.

—Así es.

—¿Su dignidad? ¿Su sueño de cambiar la ideología de una época? ¿Sus proyectos espirituales?

—Investiga, se informa, me pregunta y sigue sin entender.

—Explíqueme, por favor.

—Temo no poder. Lo veo tan mal.

—Nadie me ha lanzado por los aires como a una piedra, pero quizá el error ha sido mío.

—Entremos pues a ese mundo, le serviré de guía. Deme su mano, no vaya a perderse. El primer paso se llama competencia.

—Lo conozco.

—El segundo se llama cuerpo. Un deporte es ante todo un asunto físico. La imagen que debe recordar ahora es la de Pin sentado sobre la silla de su escritorio, yo sobre el piso o sobre la cama, discutiendo sobre cualquier cosa, una novela, una película, el teorema de Pitágoras, hasta las cuatro de la mañana. Éramos enanos entregados a los grandes temas, a los rodeos metafísicos. Este nuevo mundo era, en cambio, el del ruido, del bramido, del éxtasis de asombro. Y el ruido, a diferencia del pensamiento, se siente en todo el cuerpo, le rebota a uno en las paredes del cráneo, se vuelve eco en el pecho y sale de uno haciéndole tiritar las piernas. Aquí la historia no es imaginaria, futura, está sucediendo en ese momento, y los personajes son tú y tu mejor amigo. Te has convertido en leyenda. O, al menos, estás en camino de convertirte en una.

—Amigos y rivales.

—Sí, la historia es trillada, debe serlo. Todas las historias heroicas lo son. Le hablé de mi compañero Óscar, un pusilánime. Pero podría haberle hablado también de Lot, de Bish, tipos duros, que frente a la pista se derrumbaron con un soplido. La mente más entrenada, más fuerte, no es suficiente, el cuerpo dicta. Y cuando está en sintonía con el bramido del público, bienvenido a la orquesta. Me tomó dos lanzamientos entenderlo. Tiene razón respecto a María, ella no estuvo conmigo en esos meses, volvió con Pin. Mejor así. Debía entrenarme, debía entender. Dejé que los dos volvieran a sus recreos compartidos, a sus juegos, a sus noches juntos, mientras yo entrenaba para hacerme fuerte porque sabía —eso era claro, tendría que ser así— que en poco tiempo iba a enfrentarme a él.

—Me parece un plan macabro.

—Se llama entrenamiento deportivo.

—No el suyo, el de las personas encargadas de su educación, su bienestar.

—Si vuelve a mencionar a las monjas me callo.

—Los pusieron a competir a sabiendas de que se arrancarían el pellejo.

—Terco como una mula.

—Dígame entonces ¿quién ganó la primera competencia?

—¿Quién cree?

—Usted.

—Correcto. De nuevo el silencio, la desesperación, el enojo de Pin. Pero esta vez no lo busqué en su dormitorio, no me preocupó saber qué le sucedía, si podía ayudar, hacer algo por él. Esta vez yo sabía. Habíamos pasado los mejores años juntos, la escuela era nuestro mundo. María no entendía del todo nuestras salidas, pero sabía que algo tenía que ver con nuestra diferencia, nuestra rivalidad, nuestro rencor. Nos quiso apoyar, después se adaptó al juego. Eso es lo que fue: un juego.

—Un juego que se salió de control. Dejó de ser divertido. Llegaron los golpes, los desafíos en los límites de lo prohibido. Un vuelo sin casco después de que Pin se quitó el suyo. Un pleito a golpes después de una decisión arbitral polémica. Suspensión de la competencia por conducta antideportiva previo al primer lanzamiento.

—Está informado.

—He leído las crónicas. Hay una de un tal Sedgil Wartenberg que se refiere a su rivalidad de un odio nunca visto en el ser humano.

—Me alegra que me haya incluido en la especie.

—Rompieron todos los récords, fueron campeones. Y entonces, cuatro años después, renunciaron. Se negaron a competir en la final. Hubo descalificación de ambos, premio al tercero y quedaron fuera del deporte. Pero la renuncia fue una farsa. El público los aclamaba y no los iban a dejar ir tan fácilmente. Las monjas, preocupadas por la posible pérdida de los ingresos, les rogaron que volvieran. Se los pidieron de rodillas. Disculpe. Quitemos a las monjas. Los organizadores del deporte, incluso los fanáticos, no iban a quedarse cruzados de brazos. Tenían la mejor historia en años, educados juntos, años de amistad y de amor convertidos en rivalidad y odio. Así que hicieron todo lo posible para traerlos de vuelta, querían presenciar la revancha final, en la que usted podría ganarle de una vez por todas a su mejor amigo.

—No hubo tal.

—Llegaron a la cima, conquistaron ese mundo más allá del muro de su escuela y, sin embargo, renunciaron.

—María nos tuvo de pronto a los dos en la escuela ansiosos, confundidos, sin saber qué hacer, sin una idea muy clara de lo que había pasado.

—¿La tiene ahora?

—Ahora me doy cuenta de que el deporte me dio una verdadera familia. Leyendo descubrí a otros como yo, en épocas en que a los torneos iban más de veinte parejas. En nuestro caso éramos tres, máximo cuatro. Pero el deporte se acabó. Los enanos se acabaron. Extraño esas primeras salidas, el encuentro con otros jugadores. Extraño la adrenalina. Quedaba en la sangre durante horas, días después de la competencia.

—Hasta que llegó la racha perdedora. Pasó todo un año en el que no pudo ganarle una sola vez a su rival. Tres derrotas suyas al hilo, en 2077.

—Lo había olvidado.

—Y sin embargo debió haber sido muy difícil. Perder en el deporte contra su mejor amigo y rival.

—Éramos más fuertes que eso. Cuando las súplicas de la gente del deporte se convirtieron en amenazas tuvimos además otros temas en qué pensar. Se avecinaba el caos, la revuelta, no dudo que hasta un saqueo. Los fanáticos sabían dónde vivíamos. Recuerdo comentarios hablando de nuestra escuela como una cárcel, una institución totalmente ilegal. ¿Serían capaces de violar las puertas, romper ventanas, destruirlo todo, secuestrarnos? Ha pasado antes. Tuvimos que tomar una decisión rápida. Pin y yo sacamos la bandera blanca.

Volví a su dormitorio en el horario de siempre, cuando nuestras maestras dormían.

—¿Le rogó que salieran?

—Le expuse la situación. Estábamos listos para enfrentar el mundo, aunque ese mundo ya no tuviera gente como nosotros.

—Pin iba a ser el campeón.

—Adentro no estábamos a salvo. Veintidós años en el mismo lugar nos hacían más o menos expertos del ir y venir, del teje y maneje de las monjas, conocíamos los mejores horarios y la mejor manera de escapar. Era lo más sensato.

—Afuera solo hubo vergüenza y sufrimiento, trabajando en bares, en la industria pornográfica.

—¿Dónde más quería que trabajáramos?

—Si los habían educado tan bien, su campo de posibilidades era considerable.

—No diga pendejadas.

—Ni siquiera lo intentaron.

—Encienda la luz. Me ha visto, sabe quien soy. Enciéndala. ¿Tiene a un colega en su compañía que se me parezca?

—Salió de la escuela porque no soportaba la idea de ser segundo en el deporte, de perder a María. Su paraíso terrenal se le había vuelto un infierno.

—¿Acaso no llaman a eso madurar?

—Lo más extraño, lo que no logro entender es cómo convenció a Pin. Él lo tenía todo. Lo tenía a usted finalmente en su poder.

—Tome un vaso de agua.

—No, gracias.

—Olvida usted lo más importante, doctor. Pin y yo éramos amigos, los mejores amigos. Olvida nuestras veladas juntos, olvida el afecto que nos tuvimos.

—Me cuesta trabajo imaginarlo como una persona encantadora.

Casimiro estalló en una carcajada balanceándose sobre la silla.

—Estamos a mano. A mí me era difícil imaginarlo a usted como un científico.

—Escapan de la escuela, salen de la capital y llegan a Puebla, con los años rentan este mismo departamento. Todo esto hubiera sido imposible estando ustedes dos solos. Era necesario salir con María. Una joven de estatura normal, educada, que podía inventar cualquier justificación por ustedes. María era necesaria para el plan. Así que en los últimos meses debió haber renunciado a ella, dar la impresión de que volvían a su vida de antes, como si nada del deporte hubiera pasado. Pero una vez afuera sucedió el cambio.

—Se llama vida real.

—¿Cuándo murió Pin?

—Usted lo sabe.

—Apenas seis años después de su salida. ¿Qué pasó en ese tiempo?

—Preferiría no entrar en ese tema. Sigue siendo doloroso.

—¿De qué murió?

—¿Por qué insiste en hacer preguntas de las que ya conoce la respuesta?

—Empiezo a dudarlo.

—Murió tomando sus medicamentos supuestamente infalibles, de alta tecnología genética. Dan la cura, pero en realidad lo que venden es la muerte. Muy bien. Háganlo. Pero dejen la hipocresía, dejen de llamarla primera, segunda o tercera extinción. Los adjetivos no van a atenuar su error, su pinche crimen.

—CRISPR es un método infalible.

—¿Según quién?

—Nadie ha muerto con este tratamiento.

—Claro, nadie. Se trató de una reacción imprevista del sistema inmunológico. Nunca son ustedes. Es fácil buscar una causa distinta. Pongamos en el registro: anemia mal tratada que reaccionó de manera letal con el medicamento. Las ventajas son mucho mayores que los pequeños imprevistos, el sistema médico calla, la gente calla y ustedes callan. Frente a esto, me va a decir que la vida de un enano va a cambiar el sistema.

—Pin iba a dejar de ser enano. Estaba finalmente tomando el tratamiento.

—Era su deseo, sí.

—Su amigo, su rival, la persona con la que había vivido toda su vida iba a ser otro. Iba a ser alguien normal.

—La normalidad es enemiga de la evolución.

—¡Usted lo mató!

Hubo un total silencio. Había oscurecido, las luces seguían apagadas. Samuel pudo escuchar el zumbido eléctrico del refrigerador, la respiración tranquila, pausada, del enano. Entonces estalló.

—¡Cómo se atreve! Tener que soportar sus preguntas, su ignorancia. Y ahora esto. ¡Difamación! Contra un enano, el último.

—No se exalte.

—¡Vaya pendejo!

—Si sigue tendré que irme.

—La bola de sebo hablando de deporte, el mandadero de Genentech hablando de dignidad.

Samuel se levantó del sofá, trastabilló contra una silla y esperó un momento para intervenir.

—Todo esto está en el reporte.

—¡Váyase a la chingada!

ENANOS EN MARTE

A diferencia de la primera vez, la reunión en el aula Doudna fue bastante animada. El abogado, Valencia, esperaba una conclusión definitiva. Pinto y Black, en cambio, no ocultaban su curiosidad por escuchar los detalles del experimento, aunque fuera solo para distraerse un rato.

Cuando entró Sumgong estaban ya esperándolo, sentados alrededor de la mesa.

No miró a nadie a los ojos, tenía frente a sí un papel donde parecía haber hecho algunos apuntes. Había hilvanado dos frases cuando se detuvo y pidió que encendieran el proyector. Buscó en su tableta el archivo de los documentos. Abrió el incorrecto, lo cerró, abrió uno nuevo, pero no le puso atención. Volvió a la carpeta.

—¿En conclusión?

—Estamos ante un individuo mentiroso, farsante, con un severo complejo de inferioridad que ha sublimado con ataques a todo aquel que se le acerca.

—¿Así de mal le fue? —preguntó Pinto con una sonrisa.

—Eliminación.

Valencia levantó la cabeza de su computadora como si le hubieran presentado un caso de bancarrota.

—¿Qué quiere decir con eso?

—Cura —corrigió Deborah—. Curar la acondroplasia al punto, claro, de que deje de existir.

—Ah, bueno. ¿Caso cerrado entonces? —dijo el abogado.

—¿Contradice a McKusick? —preguntó Jaxyëë, el otro médico que hasta entonces había guardado silencio.

—Es obvio que sí —dijo Deborah.

—¿Niega la salud como la posibilidad de aumentar la vitalidad y las funciones físicas de la variedad de los seres vivos? —continuó Jaxyëë—. ¿Niega la posibilidad de desarrollar industrias que produzcan espacios y herramientas adaptables a la diversidad de los seres humanos?

—El único espacio que hasta ahora se ha diseñado para enanos se convirtió en un parque de diversiones —sentenció Deborah.

—El Imperio de los Enanos en Kunming, China.

—En conclusión, seguimos haciendo lo mismo —sentenció Valencia.

—Necesito más tiempo —pidió Sumgong—. Hay que realizar una investigación más profunda.

—¿Con qué fin?

Sumgong argumentó sobre la posibilidad de una hibridación genética entre una mente diseñada para responder a una sociedad hostil y un organismo con grandes capacidades de adaptación. Esto, claro, con el fin de poder usar algún día este híbrido en la colonización de espacios inhóspitos.

—¿Quiere llevar enanos a Marte? —dijo Pinto, riéndose con sarcasmo.

—¿Esto es posible? —preguntó Valencia.

—Claro que no —respondió Sumgong.

—Por ahora —agregó Deborah.

—¿Entonces?

Los cinco estaban interesados. Un proyecto que se había presentado como banal podría tener ventajas. Les molestaba, eso sí, tener que dejar sus investigaciones para reunirse cada dos o tres días. ¿Acaso podría postergar la entrevista un mes? Estarían todos más tranquilos, con menos trabajo.

—Imposible, quiero verlo mañana mismo.

—Le recuerdo que no contamos con muchos recursos, la prioridad de la empresa es... —decía Valencia cuando Sumgong lo interrumpió.

—Una entrevista más. Una sola, para probar mi hipótesis.

—Necesitamos ver los documentos de las entrevistas —dijo Deborah.

Sumgong les mostró una hoja, leyó algunas frases, dio media vuelta, abrió y cerró carpetas en la pantalla de su computadora. Cuando finalmente abrió un documento, la tipografía era demasiado pequeña. Deborah alcanzó a leer "peligroso", pero prefirió no decir nada.

—Puedo enviárselas a sus correos.

—De acuerdo.

La comisión volvió a votar nuevamente de manera unánime.

—Quede registro de... —empezó a dictar Valencia.

Sumgong tomó sus cosas, salió del aula, estrujó el papel que llevaba en las manos y lo arrojó al cesto de basura.

EUGENESIA

Era todavía imposible leer el código genético; se tenía una idea vaga de la composición del ADN y ninguna de su funcionamiento, de su constitución física. Aun así, en 1912, se realizó el primer Congreso Internacional de Eugenesia en el Hotel Cecil de Londres. El científico Van Wagenen habló de la necesidad de establecer políticas para eliminar de la sociedad las "cepas defectuosas". Estados Unidos tomó entonces la delantera con planes de organizar "colonias" para los genéticamente incapacitados y con comités encargados de la esterilización de hombres y mujeres con historiales nocivos: epilepsia, ceguera, criminalidad, deformidades de huesos, esquizofrenia, retraso mental y enanismo. En la primavera de 1927 Emmett Adaline Buck defendió su caso ante la Suprema Corte de Justicia de los Estados Unidos. Contaba con un historial de epilepsia y trastorno mental en la familia, convirtiéndose de esta manera en blanco para la esterilización forzada. Ella se negó a la operación (podría haber argumentado una infancia de pobreza, abuso sexual y violencia), pero perdió el juicio. Uno de los doctores que promovió la esterilización escribió al respecto: "Tres generaciones de idiotas es suficiente".

Acompañada de estos comités, la eugenesia se volvió un asunto cultural cotidiano: anuncios radiofónicos de compatibilidad genética entre parejas, películas de amor con un final inesperado. En *La cigüeña negra* la protagonista tiene una pesadilla en la que concibe a un niño con retraso mental. Despierta y decide recurrir a la prueba de su compatibilidad genética con su marido.

La eugenesia como norma, el examen genético como rutina, cuando de pronto, a mediados del siglo XX, surgió el nazismo. Y las cosas se salieron de control. La ciencia se convirtió en misticismo y los laboratorios en campos de tortura y exterminio. A finales del siglo, cuando finalmente se crearon maneras efectivas para modificar el código genético, la eugenesia se convirtió en el peor ataque contra la investigación y en el gran obstáculo administrativo. Aunque tuviera como finalidad desaparecer una enfermedad, la reacción de los gobiernos fue siempre prohibir las intervenciones genéticas. La enfermedad es, al fin y al cabo, parte de la vida; el sufrimiento y la muerte son naturales al humano. Contra este argumento se enfrentaron los científicos y las compañías médicas durante años. Hasta la llegada de CRISPR.

3

—**H**ay algo más que debe saber de Pin. Si le interesa su vida, que fue también la mía y la de María, merece saber esto. Nunca pudo adaptarse a la madurez. Pensó que el mundo exterior sería idéntico al de nuestra escuela, y no lo es.

Samuel había tocado el interfono del departamento de Pin indeciso de pedir una disculpa o reclamarla. Quería continuar con las entrevistas, pero no podía perder el control. Lo desconcertó que le respondiera la voz grave, serena, de Casimiro, invitándolo de inmediato a subir, como si nada hubiera ocurrido entre ellos.

Intercambiaron saludos. Samuel se sentó en su sillón y esperó a que el enano dijera la primera palabra. Fue entonces cuando Casimiro retomó el tema de su amigo.

—El primer trabajo que obtuvimos fue en un bar de mala muerte entreteniendo borrachos. Volamos pero ya no en la pista, lo hicimos contra un blanco. Cien puntos en el centro, y luego setenta, cincuenta, treinta. Afuera del blanco estaba el muro. Había también una piscina y un muñeco inflable con la forma de un plátano. Nos sentaban en un extremo del muñeco, un panzón saltaba sobre el otro y nos alzábamos por los aires para caer sobre la piscina de agua helada. Esa sensación eléctrica era una bendición cuando veías a un lado, a un par de metros, el borde de cemento. Con menos control aerodinámico habríamos muerto. Pin, de hecho, se lesionó la cadera. Cayó con media nalga en el borde de cemento después de haber hecho un hoyo con la cabeza en el techo. Salió arrastrándose mientras la gente veía con embeleso casi sagrado el hoyo allá arriba.

—Tocaron fondo.

—Vivíamos en una casa abandonada que ocupamos de manera ilegal. Entramos a medianoche rompiendo una ventana con el casco, en un vuelo suicida. Una vez adentro cambiamos la chapa de la entrada y recogimos algunos muebles, un colchón y un calefactor de la basura. Nos instalamos, pero nunca logramos ahuyentar a los curiosos.

—¿Los acompañó María?

—Siempre.

—¿Qué hicieron después del bar?

—Porno.

—Pin debió reclamarle su decisión de escapar.

—Varias veces. Pensó incluso en regresar, pedir disculpas, rezar diez rosarios y dos padrenuestros: por mi culpa, por mi culpa, por mi grande culpa. Fin de la historia. Si las monjas nos pedían competir de nuevo, lo haríamos. Las competencias eran un paraíso en comparación con esto. Eso, sin embargo, no iba a pasar. Habíamos tomado nuestro propio camino, éramos adultos y debíamos afrontar nuestras responsabilidades. ¿Ya le conté del extraño fetiche de la mierda?

—Ya.

—¿Del dildo volador?

—También.

—¿De la manera vergonzosa en que reemplazábamos nuestro sexo con el puño?

—Ya.

—¿De María?

—¿Qué hay de ella?

—Su juventud, su belleza, su atractivo físico.

—Ya veo.

—¿Qué ve?

—Trabajó con ustedes.

—Su recorrido fue, sobre todo, en solitario, aunque hay un par de grabaciones nuestras. Las conservo como un recuerdo. Algo hay en ellas de nuestro primer amor, de las noches posteriores a las competencias, de las gestas voladoras acompañadas de los alaridos de victoria del público.

—La adrenalina.

—Exacto. Algo de eso lo da la cámara, el hecho de ser grabado, de volverse público, de infringir los límites. El sexo se vive distinto.

—Retomaron su *menage à trois*.

—Fue imposible convencer a Pin. Lo invadió la apatía, se entregó a la inercia de la caída. En ese medio hay mucha perdición. A él, que era pequeño, el alcohol y la droga se le subían rápido a la cabeza. Una vez un camarógrafo le pegó por error un rodillazo en la cabeza. Pin cayó al suelo y no se levantó. Desesperado, el tipo pidió ayuda y gritaba ¡lo maté!, ¡lo maté! Qué va, si Pin era campeón del deporte. Estaba dormido bocabajo en el piso. Así también en los videos. En una escena debía hundir su cabeza en las nalgas de una actriz. Pues no la vio, se siguió de largo y fue a dar contra una verga que casi le sacó un ojo. ¿Por qué no renunció? La respuesta es muy sencilla. Es posible escapar de la vida, pero no tan fácil de la pobreza. Cada día mueren millones de pobres.

—Y sin embargo, Pin no aparece más en los reportes de pagos. Este departamento nunca estuvo a su nombre.

—Tiene los datos. Le falta la explicación.

—Y usted me la va a dar.

—Un plan maestro. Usted mismo cayó en la trampa, con todo su conocimiento científico y su sensibilidad de psicoanalista. Un enano es un enano es un enano...

—No entiendo.

—Claro.

—¿Qué pasó?

—Me convertí en Pin a la vez que seguí siendo Casimiro. Compré lentes negros, todo tipo de sombreros y de gorras; colores llamativos en la ropa, una flor en el ojal del saco, en el sombrero y listo. La gente no ve la diferencia, la gente solo aprecia la envoltura. Más si es un enano. Tendrían que agacharse, y esta sociedad no tiene tiempo para eso. En ocasiones era Pin quien se enfermaba: un dolor de cabeza, de muelas, de lo que fuera, y en otras era yo, Casimiro, quien padecía insomnio, migrañas, agorafobia, resaca. Siempre era yo el que salía y actuaba de uno o de otro. Nadie cayó en la cuenta, nadie reparó en el engaño. Ni usted.

Samuel recordó de inmediato el ruido que escuchó detrás de la puerta de la recámara el primer día de su encuentro. Había querido preguntarle esa vez el motivo, pero lo dejó pasar. Ahora no supo cómo traer el tema de vuelta.

—Todo con tal de que Pin fuera libre y no tuviera que enfrentar el mundo, la vida real, que le causaban una depresión excesiva. Estaba hecho una piltrafa, triste y con ataques repentinos de rabia. Era imposible seguir. Le abrí esa puerta.

—La de su encierro.

—Su refugio. Como lo fue la escuela, de donde quizá nunca debió salir. Lo atendimos María y yo. Lo cuidamos, lo protegimos. Ella fue para él una suerte de monja carmelita.

—Debió ser una gran victoria.

—¿Ha visto nuestras grabaciones?

—¿Las pornográficas? Son todas iguales.

—Se equivoca. No todas tienen a Casimiro Jacob.

¿El ruido en la otra habitación había sido un golpe, la caída de un objeto? ¿Tenía acaso Casimiro una mascota? ¿Había vuelto a escuchar algo en estos últimos dos días? Podían ser los vecinos. Los departamentos eran pequeños, apenas para una o dos personas, y era posible que los muros dejaran pasar el ruido.

—La adrenalina es la droga de los campeones del deporte y, ahora lo sé, de las actrices porno. Si había una cámara y un hombre o una mujer, María decía que sí. Trato hecho. Hasta que finalmente pidió vacaciones. Pausa y rebobinado. Regresó con nosotros a casa.

—Otra manera de ganar.

—¿Sigue pensando en el deporte?

—María fue solo suya.

—¿Es psicoanálisis eso?

—Son hechos. Ustedes habían competido por ella desde niños. Pin se acercó primero, la hizo su novia, fue su primer amor. Usted quedó relegado, perdió contra su mejor amigo en una de las luchas más importantes de cualquier ser humano. Esa es la madurez, ahí comenzó; no con su salida, comenzó cuando la amistad se convirtió en una competencia por una mujer.

—Yo no obligué ni hice otra cosa que respetar la voluntad de María.

—Así que ella volvió a casa con usted y con Pin. El reencuentro. Y vivieron felices juntos, encerrados.

—Eran libres de salir y de hacer lo que quisieran. Yo no los obligué a nada. Yo, de hecho, los tuve que mantener.

—Les llevaba la droga y el alcohol.

—De otra manera se me hubieran secado.

—Pin murió a los pocos años.

—Debido a su producto de mierda, el mentado CRISPR.

—¿Qué pasó con María?

—Hace años que no sé nada de ella. La muerte de Pin fue un golpe muy duro.

—Me sorprende que los tres vivieran en este departamento.

—¿Cómo sabe que era este?

—Su contrato indica que lleva diecisiete años viviendo aquí.

—Pin y yo no ocupamos mucho espacio.

—¿Vive solo?

—¿Se refiere a ahora? ¿Acaso no lo sabe?

—Los datos sugieren que vive solo.

—Entonces los datos están correctos.

Se escuchó un ruido del otro lado de la habitación. Esta vez fue más nítido. Y justo en el momento en que ambos callaron. Samuel miró a Casimiro a los ojos. Había sido el ruido de algo pesado moviéndose, un cuerpo o un mueble.

—¿Tiene vecinos?

—Si quiere hablar de los ancianos que ocupan este edificio, olvídelo. Al único a quien le devuelvo el saludo es a Toto, un viejito de origen haitiano que siempre sonríe al verme, me toca la cabeza y me pregunta por mi edad. Es el único que merece mi aprecio.

—¿Sus vecinos de puerta?

—Prescindibles. Hablemos mejor de la última salida de Pin, su último esfuerzo por regresar a la vida.

—¿Tiene o no vecinos?

—Aquel Pin que soñaba con una nueva generación de humanos educados en la ciencia, la filosofía y la sensibilidad artística. El Pin que cambió su ideología para convertirse en leyenda, campeón del deporte, y el mismo que ya no se atrevía ni siquiera a cruzar la calle. Pin, mi amigo, mi hermano.

—Su rival.

—Sucedió después de la primera publicación. ¿Recuerda el año? No importa, digamos que todavía éramos jóvenes. Siempre tuve el sueño de contar al mundo sobre mi diferencia, el hecho de ser único. A eso hay que agregar que estábamos en crisis. Quizá me daban un dinero, pensé. Con eso podríamos pagar la renta, la comida, en fin, las drogas. La redacción de *La Zona Gris* está a tres calles de aquí, cruzando el parque Lineal. Ocupan un edificio del siglo pasado, un cuadrado de cemento y ladrillos. Me anuncié en la recepción, esperé unos minutos antes de subir al último piso, que era donde atendían a los invitados especiales. Me entrevistaron tres personas, entre ellos la editora en jefe. Conté mi historia. Estaba apenas en mi segundo año escolar cuando me interrumpieron. Nosotros le hablamos, fue su despedida. Salí con la seguridad de que había perdido mi tiempo. ¡¿A quién podía interesarle la vida de un individuo de una especie en extinción?! Había desaparecido el coyote, la vaquita marina, el búfalo salvaje, la abeja y el mosquito. ¿El enano? Mejor así. ¿Acaso no era una enfermedad? No, publicó *La Zona Gris*, la acondroplasia no era una enfermedad, era otra posibilidad de vida, no se sabía si mejor o peor, pero sí otra, una nueva, distinta. La otredad radical.

—¿Cuánto le pagaron por la publicación?

—La mitad de un mes de renta. Pero eso no fue lo importante. Eso fue lo de menos. La publicación me abrió puertas, me dio la oportunidad de dar charlas en todo tipo de lugares: en la biblioteca pública, escuelas, centros de readaptación social, centros de empleo. Un enano en extinción de pronto sirvió a todo aquel que tuviera un espacio vacío en su corazón y en su agenda de actividades. Y si está en extinción, ¿qué pasa si se nos muere en el escenario? Pues si eso pasa, ponemos una placa: "Aquí quedó el último".

—¿Nunca habló de Pin en sus charlas?

—Hablé del deporte, de los años escolares.

—¿Por qué no mencionó a Pin?

—Claro que hablé de él.

—Lo mencionó solamente como a un contrincante.

—Lo dudo.

—Un rival que arrojó leña a la hoguera de su deseo de competencia. Esas son sus palabras.

—Es una bella imagen.

—Pin quiso salir de su encierro.

—Así es. Cuando leyó la nota del periódico que yo por descuido dejé en este escritorio despertó un poco, abrió un ojo, luego el otro y gritó: ¡¿El último?! Caray, ¿por qué el último? ¿Acaso él era un holograma?, ¿un fantasma?, ¿un muerto? Tuvimos una discusión, hubo gritos, reclamos, llantos que aplaqué de manera definitiva con un único y sólido argumento: el dinero. Pin había dejado de salir casi por completo del departamento, hacía años que no trabajaba, holgazaneando todo el día, adivinando lo que pasaba en el mundo desde su silla en la terraza, viendo pasar las nubes y a los humanos como pequeñas hormigas a sus pies. No podíamos arriesgar nuestro futuro por un capricho.

—Lo mató en vida.

—Al contrario. Fue la última vez que lo vi medio vivo, la última en que tomó mis ropas, se puso el sombrero, las gafas oscuras y salió a la calle rumbo a las oficinas de *La Zona Gris*. ¿Qué quiere?, le preguntaron. ¿Enano? ¡Qué va! Su extinción ya fue noticia, estamos ahora con la de la orca salvaje y el síndrome de Down. Están en las mismas. ¿Usted tiene síndrome de Down? Ya nos comunicaremos, muchas gracias. Y lo despidieron en la entrada. ¿Dar una charla? Imposible. Me rogó, que éramos amigos, hermanos de toda la vida, que era nuestro momento de revivir aquello que fue y que todavía podía ser. Imposible. Me amenazó con revelar la verdad. No solo no era yo el último, sino que vivía con otro igual, un enano tan enano y tan idéntico que la gente no se había dado cuenta. Nada, cero. Saldría de la casa, diría la verdad y entonces se me iba a acabar el show. ¿De qué sirve presentar ante el público al penúltimo enano? ¡Y quién carajo es el otro! ¿Dónde está el otro? ¡Queremos verlo! No, no era posible. Él lo sabía, yo lo sabía, María lo sabía. Así que volvimos al acuerdo de antes, a lo de siempre.

—Le quitó a su mejor amigo el derecho a existir.

—Ese derecho no se lo quité yo, fueron ustedes.

—CRISPR no lo pudo haber matado. Aun cuando los doctores lo hubieran intentado ocultar, nosotros sabríamos. Fue otra cosa. Pero da igual.

—Nunca dejó de consumir droga.

—¿Durante el tratamiento?

—Se lo advertimos. Pero vaya a convencer a un adicto. Es más fácil convencer a alguien de que la Tierra es plana.

—¿Quién le compraba las drogas?

—Si me quiere echar de nuevo la culpa, hágalo. Pero sin sus drogas Pin se habría suicidado. Así de sencillo.

—¿Qué tipo de drogas?

—Mariguana para despertar, un cóctel de pastillas para sobrellevar el día, tres rayas y una botella de vodka en las noches. El vodka lo tomaba para cuidar su azúcar, le preocupaba mucho la diabetes.

—Fue la victoria definitiva. Usted ganó. Desde niños estuvieron juntos, en el mismo salón, la misma gente, María, las competencias.

—Si tanto insiste, tendré que corregir una premisa de su razonamiento. Si yo fuera víctima de esa famosa hoguera de odio, y mi amigo, mi hermano Pin, fuera el leño de madera que la encendía, ¿de qué me servía su muerte? Su desaparición implicaba también la extinción de mi fuego.

—Habría valido la pena.

—Razona mal, se equivoca de nuevo. Bajo su premisa, mejor habría sido que Pin viviera y supiera día con día, en su imagen y en la mía, que él había perdido. Esa habría sido mi victoria.

—...

—Ve que tengo razón.

Casimiro guardó silencio. Momentos después saltó de la silla al piso en un movimiento que, por su extrañeza (no se había movido de la silla en los tres días), causó una reacción de sorpresa en Samuel. Casimiro se dirigió a la cocina. Trepó a un banco que había estado siempre frente al lavabo. Tomó un vaso de agua, bebió un sorbo. Luego sirvió otro que dejó en la mesa del comedor.

—¿Quién está en la habitación?

—¿En cuál habitación?

—En la única que hay.

—Nadie, ¿quién más podría estar?

—Escuché ruidos.

—Los vecinos, posiblemente.

—Pin estaba muerto para el mundo desde hacía años. Sus conocidos no diferenciaban entre uno y otro. Usted ocupó su lugar hasta desaparecerlo por completo. Cuando publicó su primer artículo ya nadie se acordaba de él. Cuando nosotros leímos la noticia a nivel nacional, en *El Tiempo*, no se le menciona. Tuve que investigar para dar con él. No recuerdo en todos los documentos haber visto una sola foto de su cadáver.

—Quizá recuerde mal.

—Ninguna foto del entierro.

—La muerte de un enano no suele captar la atención del público. Salvo, claro, que sea el último.

—Usted fue la persona que reconoció el cuerpo, que se encargó del funeral. Lo leí en las actas del registro.

—¡Quién más podía ser!

—¿Qué hay detrás de esa puerta?

—Mi habitación.

—Ábrala, por favor.

—¿Qué?

—Ábrala.

—¿Tiene una orden judicial?

—Si no teme, hágalo.

—No me da la pinche gana.

—Lo haré yo.

—¿Ahora es policía?

—No quiero llegar a ese extremo.

—Es un pendejo, eso es lo que es.

Samuel se levantó del sillón y se dirigió a la puerta de salida. De espaldas a Casimiro sacó su teléfono y escribió un mensaje.

—¿Qué hace?

—No trabajo solo.

—Y este es mi departamento, no tiene derecho.

—Veremos.

—Esto es el colmo. Contra un enano. Un enano que le dio permiso de entrar en su vida, que abrió las puertas de su casa, que le ha contado todo.

Tocaron a la puerta. Entró un tipo alto, fornido, vestido de traje gris con camisa blanca y corbata. Su actitud era de cohibición e incertidumbre. El tipo volteó a ver a Samuel buscando confirmación. Este le ordenó que entrara.

—Abra esa puerta y revise lo que hay dentro.

—¡Cómo se atreve!

El hombre sacó de su bolsillo una llave maestra, pero no tuvo necesidad de usarla. La puerta no tenía seguro. Dio vuelta a la perilla y abrió.

Pero antes de que entrara, Casimiro dio un salto, corrió los tres metros que lo separaban del hombre y se lanzó contra su pierna. Este, desconcertado, se quedó inmóvil. Luego, al sentir una punzada en el muslo, sacudió la pierna, arrojando al enano contra el muro.

Samuel entró a la habitación sin reparar en Casimiro ni en el guardia de seguridad. Miró en todos los rincones, debajo de la cama, en el armario. Nada.

El cuarto estaba vacío.

CRISPR

La acondroplasia se crea con un solo gen, el FGFR3. El método CRISPR permite remover ese gen.

CRISPR surgió de la investigación de las batallas entre los virus y las bacterias. Los virus cuentan con un mecanismo para adherirse a la bacteria, perforarla e inyectarle su código genético. Las instrucciones del nuevo código son reproducirse hasta hacer explotar a su huésped. A diario desaparece en el mar, víctimas de estos ataques, el cuarenta por ciento de las bacterias. Es decir, que uno de los organismos más antiguos del planeta podría desaparecer en el mar en dos días. No lo hace porque cuenta con una de las estrategias más efectivas de contrataque: un rastreador y un asesino. La acción de guerra se desarrolla de la manera siguiente: un virus se adhiere a una bacteria, la penetra e inyecta su ADN. La bacteria activa entonces al rastreador. Su misión es identificar al invasor y regresar a buscar al asesino que es una réplica idéntica del ADN del virus invasor. Si lo encuentra, toma este código y lo utiliza para cortar en el lugar exacto, letra por letra, el ADN del invasor, destruyendo así la amenaza. Si el rastreador no encuentra en su sistema inmunológico un asesino con el código genético del invasor, la bacteria está muerta. Aquí lo importante, para el método CRISPR aplicado a los humanos, es la exactitud con la que la bacteria guarda el código genético del invasor y lo usa después para cortar y aniquilar al virus.

¿Qué pasaría si guardáramos entre los asesinos el gen FGFR3? ¿Sería capaz el rastreador de encontrar estas cuatro letras y el número entre todos los que forman el genoma humano? Si lo hace, ¿podría cortar el ADN humano, como hace con el del virus, e insertar un nuevo gen, o simplemente podría dejar que el mismo ADN, por su forma de doble hélice, se restableciera ya sin el gen eliminado?

Para sorpresa de los científicos, que habían trabajado con esta misma idea (pero con virus invasores), la respuesta fue siempre afirmativa. La sencillez con la que CRISPR atacaba, abría y reemplazaba el código genético, y, sobre todo, la habilidad del rastreador para detectar un gen en la biblioteca entera del genoma humano fue impresionante. Nació así, en 2015, el posthumanismo.

MÁQUINA ATROFIADA

Debía investigar sobre el fenotipo de la acondroplasia. Si su readaptación al medio ambiente era posible y conveniente, si en Genentech optaban por continuar con la tendencia a su desaparición o intentaban algo distinto. Debía actuar de manera científica. En cambio, había antagonizado con su interlocutor al extremo de llevar a un miembro de la seguridad privada de la compañía a violar la privacidad del enano, irrumpiendo sin su permiso en su habitación privada, patearlo y arrojarlo contra el muro.

—La locura, la puta locura —lamentó Cuéllar, el abogado que había convocado a la reunión extraordinaria. Esta vez solo estaban Valencia, Sumgong y él.

—Sus colegas notaron una actitud hostil —dijo Valencia—. Pero jamás imaginamos que terminara en violencia física contra el enano.

Su objeto de estudio, aquel con quien debía simpatizar para entender y resolver el problema, fue atacado a patadas.

—Ignoró el objetivo de su investigación, arriesgó su trabajo y el nombre de la compañía —sentenció Cuéllar.

A Samuel ya no se le veía ansioso, sino derrotado.

—Y, sin embargo, hay una solución. El enano concedió una última oportunidad para que se le ofreciera una disculpa formal. Sí, una disculpa. Sobra decir que deben respetársele sus derechos básicos y su dignidad.

Samuel se negó.

Los directivos le recordaron que él, Sumgong, había formado parte de la creación de la primera superinteligencia. ¿Lo intimidaba ahora un enano?

—Es una máquina atrofiada.

—Es su única opción.

—No la quiero.

—Por favor —le pidió Valencia—. Finalice con su estudio. Las consecuencias podrían ser graves para la compañía. Imagine la mala publicidad.

Sumgong se negó.

Concluyeron la reunión.

Al regresar a su escritorio, apenas encender su computadora, recibió el mensaje de su despido. Leyó la carta y estuvo un rato largo con la mirada fija en la pantalla.

Cuando finalmente escribió una respuesta, esta decía: "De acuerdo. Entrevista con Casimiro Jacob".

A los dos minutos recibió la orden: "Mañana a las 10:00 am, misma dirección".

4

-**A** nombre de la compañía Genentech y de mi persona, le pido una disculpa por lo sucedido la semana pasada.

—Tome asiento.

—No.

—Siéntese, por favor. Parece niño regañado.

—No creo estar mucho tiempo.

—¿Le desagrada mi compañía?

—Mucho.

—Yo, en cambio, he aprendido a quererlo. Acepto sus disculpas y le pido que, por favor, me escuche. Hace tanto tiempo que no hablo con alguien, menos con un psicoanalista. ¿Quién iba a decirlo? Todos esos años de silencio, en los que solo podía hablarle al aire, a la nada, a Casimiro Jacob, recompensados ahora con un profesional.

—Miente, no hace otra cosa más que mentir, y sin embargo no importa.

—¿Ha tomado ya su decisión? ¿Redactó su reporte?

—Es posible que el reporte no sirva de nada. Da igual.

—Tiene razón. Nos desaparecen, y a quién le importa. Son los pequeños gestos, sabe, lo que los filósofos han llamado la banalidad del mal, son esos los que en verdad van a acabar con nosotros.

—En menos de cuarenta y cinco años, desde la popularización de CRISPR, hemos erradicado la anemia falciforme, la hemofilia, la enfermedad de Huntingon. Eso lo hicimos nosotros con estudios científicos. No me hable ahora de la banalidad del mal. El cambio es posible, la razón impera sobre el capricho.

—Claro, estoy de acuerdo. Me impresiona.

—Usted es quien me impresiona a mí con su sabiduría de frases hechas, su manera de encontrar la poesía en lo indigno y de contar una historia sin reparo a la verdad. El centro de refugio se convierte en su mente en una escuela de superdotados, de ahí se lanza a

la épica del deporte y a la industria pornográfica con una naturalidad y una alegría
totalmente falsas.

—Acaba de pronunciar sus disculpas y
ya me ataca.

—...

—Pasaron apenas dos minutos.

—Tiene razón, es mejor que me vaya.

Había llegado al edificio en la mañana con
un cielo despejado. Por primera vez veía al
enano con la claridad de la luz del sol. La ventana de la terraza cubría toda la extensión
del departamento, con vista a los edificios de
la periferia, la pirámide y los volcanes. Sentía
una extraña sensación entre lugar común y
exotismo; el hecho de estar sentado en lo que
podría ser su sala, pero con vista directa a
una postal turística.

Samuel se levantó del sillón y caminó a
la puerta. Quería terminar de una buena vez
con todo. Volver a su investigación, a sus prue-
bas en el laboratorio.

—Nos corrían de todos lados. Salíamos a
la calle a buscar trabajo y de regreso al hotel
teníamos nuestras maletas en la puerta.

—¿De qué me habla?

—Cuando llegamos por primera vez a Puebla rentamos un cuarto en un hotel. Pagamos una semana por adelantado, nos desvivimos para agradarle al mundo, yo saludaba al recepcionista hasta tocar con la frente el piso, me dejaba tomar fotos, sonreía. Abrazaba a los niños, les daba dulces, acariciaba a los perros, me dejaba lamer. Y nada. Regresábamos en la noche y nuestras maletas estaban en la puerta. Ábranse. Largo. A la chingada. Aprendimos a ignorar a la gente, a fingir que no escuchábamos, que no entendíamos, que los empujones eran accidentales, disculpe usted, a fingir que la gente estaba enojada contra el clima, la vida, el destino, cualquier cosa menos contra nosotros. Pero, de nuevo, al regresar al hotel las maletas en la calle. Hasta que no tuvimos otra opción que invadir una casa abandonada. Le molesta que no hayamos vivido una vida plena, que no hayamos tenido éxito, que termináramos en el mundo del entretenimiento, que se nos fregara la existencia. No teníamos otra opción. Es difícil verla cara a cara, seguida de una sonrisa hipócrita de bienvenida, pero ahí está, siempre, la banalidad del mal. Quizá un día puedan erradicar también ese gen.

—¿Quiere decirme que ha sufrido mucho en su vida?

—De acuerdo, ponga una crucecita en ese apartado, sufrimiento, y entremos a otros temas. Por ejemplo, la creación de un medio ambiente adaptable a nuestra naturaleza. Una arquitectura, medios de transporte, instrumentos hechos para nosotros. Solo entonces podrán evaluar nuestra interacción con la naturaleza. ¿Se da cuenta de que su trabajo en realidad es una broma, una manera de quitarse de encima una basura con un trámite burocrático? Lamento que lo hayan elegido a usted. Revela la poca estima en que lo tienen, pero esto puede cambiar.

—Vuelve a lo mismo.

—Si no es por un fin científico, hágalo entonces por sensibilidad artística. Manténganos vivos para que volemos y bailemos ante ustedes. Una risa después de un día de ardua investigación científica, ¿vota en contra? Carajo, ¡qué va a hacer tanta inteligencia con pura seriedad!

—La enfermedad no es motivo de risa.

—¿Habla usted de enfermedad o de mutación? ¿O acaso son lo mismo?

—La mutación es una disparidad entre un fenotipo y su medio ambiente. La enfermedad es una disparidad mortal.

—Su pensamiento se acerca peligrosamente al límite de un mundo feliz.

Samuel volteó a ver la puerta de entrada. La había dejado entreabierta porque no quería estar en ese departamento más del tiempo que le tomara dar una disculpa. Se había levantado ya para partir, pero había regresado a su sillón. Había caído como siempre bajo el discurso del enano, que en ocasiones lo alababa para después denigrarlo, relataba el sufrimiento personal y terminaba con una nota de vanidad insufrible. Todo con el mismo tono de voz sereno, grave y melódico de un cantante de blues.

—¿Dónde está María?

—¿No lo sabe?

—No.

—Si la busca tendrá que aprender una cosa antes. María ya no es únicamente María, esa niña que jugaba al cine con nosotros. María es la que salió por primera vez a la ciudad librando peligros, la que vivió encerrada en este mismo departamento, la que compartió varias noches con nosotros en los dormitorios de la escuela. Son muchas y muy distintas. Son tantas. Y todas, a la vez, son únicas.

—¿También la mató?

—Casimiro, el asesino serial, Jacob.

—Hay muchas maneras de matar. La negligencia es una de ellas.

—La extinción es otra.

—Una persona por más que desee ocultarse realiza una compra, un trámite, acude al hospital, al banco. Nada hay de ella. Cambió de identidad o murió. Veo que usted es experto en maquinar la primera, falta saber si es capaz de realizar la segunda.

—¿Cuántos seres vivos ha matado durante sus años de investigación? Conejos, ratones, monos. Piénselo. ¿Y cuántos ha matado su compañía? Dirá que ha sido por un fin científico, para conocer y mejorar la especie, para prevenir muertes futuras. Y estoy de acuerdo. Créame. Lo apoyo incluso con la muerte de seres humanos, de gente enferma o mutante que en su desesperación permite que ustedes le den un último empujoncito. Tienen mi voto. Pero por favor, perdónese usted mismo, libérese de esa culpa y deje de buscar muertos donde no los hay.

—De acuerdo, no vine a antagonizarlo, vine a ofrecerle disculpas.

—Ya lo hizo y, sin embargo, aquí está todavía.

—Me retiro.

—Sabe que hay algo más, pero no sabe qué es. Ha revisado en la base de datos, en todos los registros posibles de la red, pero no obtuvo la verdad que buscaba, y pensó: se la sacaré al enano. Me lo contará todo, será más fácil de manejar que un niño. El enano hablará, aunque sea solo en agradecimiento a que el doctor Samuel Sumgong, Genentech and Co., lo haya visitado.

—Hay lagunas en la información de Pin y de María, es cierto, pero tampoco es un hecho extraordinario. Si nos pusiéramos a interpretar todas las lagunas de la red obtendríamos miles de historias fantásticas. Me he podido equivocar.

—Y sin embargo, ambos vivieron conmigo.

—Así es.

—Uno murió en condiciones sospechosas, y la otra...

—Olvídelo, hemos terminado.

—La otra está desaparecida.

—Me da igual.

—¿Renuncia a su investigación, detective Sumgong? ¿No le bastó con haber pateado a un enano?

—Ya le ofrecí disculpas. Y yo no lo pateé.

—¿Teme perder el trabajo? Parece que ha colmado la paciencia de sus empleadores. Debe ser vergonzoso que el motivo de esto sea...

—Casimiro Jacob.

—Un enano.

—Está bien, me retiro. Lo dejo en paz.

—¿No quiere ver el cuerpo de Pin?

—¿Qué?

—El cuerpo de Pin. Lo tengo en el refrigerador. Podría haber cabido casi completo, el problema fue la cabeza. Hubo que cortar, un asunto bastante sucio pero necesario.

—¿De qué habla?

—Dice que vio el acta de defunción y otra del entierro. Ninguna foto. ¿Cree que es difícil producir esas actas? ¿Cree que los burócratas son modelos de virtud incorruptibles? ¿Cuánto cree que pueda costar fingir la muerte de un enano?

—No voy a entrar de nuevo en su juego. La compañía no tiene el menor deseo de continuar esta investigación. Se trata de un mero trámite administrativo.

—Nunca lo tuvo.

—Es posible.

—¿No va a verificar entonces?

—Es una broma, lo sé.

—Le doy unos minutos. Mientras lo piensa permítame hablarle de María. Una última escena antes de que parta. Lo necesito.

—Haga lo que quiera.

—Fue tan repentino y a la vez tan predecible el cambio. En un extremo un enano retraído, idealista, y en el otro el enano que fui en el deporte y el que creo seguir siendo. A la mitad, en su centro, en el nudo, ella. Su carcajada (porque la suya no era sonrisa, no se medía, estallaba en un choque eléctrico, saltaban chispas), su carcajada era como una brasa candente en clases, en nuestras reuniones, hasta en el sexo se carcajeaba. Vestía siempre de negro, toda de negro. Su coleta de cabello lacio castaño, sus lentes y sus ropas negras. Le diré la verdad. Carajo, no hay motivo ahora para dar rodeos. Ignoraba mi cuerpo, lo desconocía por completo, todo, y lo descubrí con el suyo, porque el cuerpo, aunque sea el mío, no viene con un manual de uso, lo ocupamos como quien no tiene otra opción, como quien está obligado a hacerlo si no quiere morirse, como quien acelera sin poner el freno, bájese solo en caso de accidente. ¿Qué fue María? Distancia. Distancia para poder mirarme por primera vez al volante. Mi pequeño carrito chocón de feria.

—...

—¿Ya decidió qué va a hacer?

—Nada, no voy a hacer nada.

—Perfecto. María fue mi primer y único amor, ella nos tuvo a los dos pero creo que, en realidad, pudo ser uno mismo. Desvarío, quiero sentirla de nuevo, decirle lo mucho que la amé, pero eso ya lo sabe ella.

—Me ha conmovido.

—Claro. Pero antes de que se vaya, le hago notar el tamaño del refrigerador. Sobre todo la parte de arriba, que es toda cuadrada, con una dimensión de más de medio metro de ancho y otra de alto. El cuerpo de un enano no cabría ahí de pie, hay que doblarlo. En rigor mortis la operación es imposible. Toca entonces cortar y empacar. Pero eso es algo que a usted quizá le dé miedo ver, quizá prefiera hablarle a su guardia de seguridad. Usted es, como quien dice, un detective deductivo, que lo resuelve todo con la mente.

Cualquier cosa que hiciera estaba mal. Lo sabía. Si encontraba un cadáver en el congelador del enano era posible que Casimiro ya hubiera planeado su escapatoria o una coartada. A diferencia de la vez anterior, en la que lo acompañaba un testigo, estaba ahora solo. Si no encontraba nada, quizá era peor. La vergüenza de haber caído una vez más bajo su juego.

—Ayer soñé con él, con Pin. Lo hago constantemente. Me sorprende verlo como fue de joven, idéntico, con su mismo corte de cabello, sus rizos castaños, su nariz puntiaguda, incluso puedo sentir su piel rugosa en las mejillas. Tuvo problemas serios de acné. Intenté olerlo en mi sueño y lo logré, reconocí su olor, aunque al día siguiente, al despertar, ya no estaba. En el sueño me esfuerzo por decirle algo, primero una frase sencilla, simplona, lo que dirían las monjas, una tontería de amor y de aprecio, pero después pienso en una frase más compleja, tan compleja que me retuerzo en la cama pensándola y entendiéndola, y creo tenerla ya, pero me digo que es tan complicada que ignoro si va a expresar lo que quiero o lo contrario. Estoy a punto de despertar de la incomodidad y la desesperación cuando, al final, le digo una sola cosa mirándolo a los ojos. Le digo: ¡Gané! Y me vuelve el sueño, la paz. Despierto fresco, descansado. Como le dije antes. La verdadera victoria habría sido que él viviera hasta el final. Y al morir, tenerlo conmigo, porque él es mi mayor sentimiento de afecto y de culpa.

—Voy a hablar a la compañía.

—Carajo, tenga aunque sea un poco de huevos.

—No estamos en la escuela primaria.

—Estamos, en cambio, ante la paradoja de Schrödinger.

—No, por favor.

—El electrón puede estar en dos partes distintas a la vez.

—¡Me va a dar una clase de física!

—Hasta el momento en que el científico desea estudiarlo. Entonces pierde esa ubicuidad. Pero la paradoja no está en el átomo, la paradoja está en nuestro modo de ver y entender su funcionamiento. Quizá no ha entendido la paradoja que es Casimiro Jacob.

—Es insoportable.

—Y usted un cobarde.

La cocina estaba a cinco metros de distancia, muy cercana a la puerta de salida. Samuel se levantó del sillón, caminó en dirección al refrigerador y, antes de abrir, volteó a mirar a Casimiro. El enano señaló con una de sus manos el refrigerador, la otra descansaba sobre el reposabrazos de la silla.

Abrió el congelador. Volteó la mirada para inspeccionar. Vacío.

La carcajada estalló a su costado. Las piernas volvieron a alzarse en el aire como dos raíces torcidas que podía tomar y arrancar de un tajo, limpiar el terreno de su maleza, su enfermedad, sus impurezas, sus mutaciones.

—Va a ser el último, después de usted nos habremos librado de su plaga.

—¿No quiere ver ahora la lavadora? Es mucho más fácil guardar ahí un cuerpo de enano.

—Tengo lo que quería saber. Un mutante en una sociedad como la nuestra incuba solo odio y resentimiento.

—Fírmelo por favor y deje el reporte sobre la mesa. O si prefiere llévelo mejor al baño.

—Un enano aprende a interactuar con hipocresía para cobrar venganza, para acallar su sentimiento de inferioridad.

—Perfecto. Pero por favor no se vaya sin conocer el baño. Se lo digo en serio. Conoce ya todos los rincones de mi humilde hogar, salvo ese. Trajo incluso a su guardia de seguridad. Sería una pena que se fuera sin ver quién está ahí adentro.

—¡Muérete, cabrón!

—Ella ha preguntado por usted todos estos días. Me pregunta si es alto y fornido o, mejor, de estatura pequeña, aunque proporcionado. Tiene todavía esa añoranza por los enanos.

—No lo puedo creer.

—Sabe muy bien de quién hablo. Ella lo espera ahí dentro. Es increíble que en todas nuestras entrevistas no haya ido una sola vez al baño, vamos, que ni siquiera haya visto la puerta cuando trajo a su compinche. Me salvó usted de un gran ridículo porque habría tenido que impedírselo a toda costa. Ahora, humildemente, le doy mi permiso de entrar y descubrir mi secreto. Adelante.

—Chingada madre.

—Es toda suya. Se la ha ganado. Ella lo espera.

La puerta del baño estaba en el pasillo de la entrada del departamento. Había visto la puerta, supo que era el baño, pero nunca lo usó y nunca pensó en inspeccionarlo.

—Cuando llegó María a la escuela ¿creerá que nos pareció extraña, distinta? El tronco desproporcionado con respecto a las piernas tan largas. Estaba creciendo, eso era lo que pasaba. Pero nosotros qué carajo íbamos a saber de eso. Tuvimos que enanizarla en la mente, hacerla parte del grupo, y solo entonces aprendimos a verla y a apreciar su diferencia.

—No para de hablar, de hablar, de hablar.

—Perdón, me callo. Hablaba para no hacerlo sentir mal.

—Si hay alguien en ese cuarto...

—Claro.

Samuel caminó al baño con una extraña agudeza de los detalles (los rayos del sol refractados en el ventanal, la textura consistente de la alfombra nueva bajo sus pies), pero sin una conciencia clara de sus movimientos. Se dejó llevar hasta la puerta. La abrió y vio el azulejo blanco, la distribución de los muebles, el espejo y, sobre el piso, desgreñada, sucia, había una mujer vestida de negro.

Sin control de sí mismo, incapaz de decir la frase o la pregunta que resolviera la situación, vio la figura de la mujer alzarse con esfuerzo y pasar a su lado. Ella atravesó la extensión del departamento hasta donde estaba Casimiro, se detuvo ante él y lo tumbó con todo y silla de una bofetada. Lo alzó después

del pantalón y de la camisa hawaiana, lleván-
dolo hacia la terraza.

Samuel corrió hacia la terraza, tropezó
con el riel del ventanal y cayó al piso. Desde
ahí vio a la mujer arrastrando a Casimiro de
los cabellos. Azotó al enano contra la jardinera y con gran esfuerzo lo subió, empujándolo
de la cintura, las piernas, hasta el borde del
vacío. Samuel logró levantarse y, de un em-
pujón, la alejó del enano.

—¡Hijo de la chingada! —le gritó ella.

Y se arrojó contra él para quitarle al
enano. Tambaleó, pero se mantuvo en pie.
Forcejaron llevándose el pequeño cuerpo del
uno al otro. Finalmente hubo un momento
de tregua. Vio su cara. Los labios de la mujer
estaban hinchados o pintados de un rojo in-
tenso, en los ojos dos aureolas moradas que
podrían haber sido de moretones o de un
exceso de cosméticos.

Samuel extendió su brazo para ordenarle
que se mantuviera a distancia. Volteó a mirar
al enano que, bocabajo y hecho un ovillo sobre
la jardinera, parecía un cuerpo insignificante,
despreciable. Lo tomó con una empuñadura
fuerte, lo alzó y lo lanzó al vacío. Antes de

desprenderse de él sintió que Casimiro alcanzó su mano con la suya en un esfuerzo para detenerlo o, quizá, al contrario, agradecerle.

En el aire Casimiro abrió sus brazos como alas, la mirada clavada en el horizonte buscando los volcanes y la pirámide. María siguió el cuerpo que volaba con una atención desmedida, al punto de que parecía que ella también iba a caer al vacío. Samuel supo que había extinguido a los enanos.

El cuerpo se estrelló contra el pavimento de la avenida. El coche que le pasó encima no se detuvo. Detrás de él pasó otro coche y otro y otro. En la noche, el servicio de basura extrajo una masa amorfa sanguinolenta del pavimento. Debido a su tamaño, pensaron que era el cadáver de un perro.

David Betancourt y Alberto Cue leyeron, revisaron y comentaron todas las novelas de esta saga que ahora termina. Por eso les agradezco infinitamente.

Alejandro Lámbarry

ÍNDICE